ANAGRAMMES
DANS LE BOUDOIR

DU MÊME AUTEUR

Jacques Perry-Salkow

LE PÉKINOIS. PETIT DICTIONNAIRE ANAGRAMMATIQUE DES CÉLÉBRITÉS, Seuil, 2007.

ANAGRAMMES. POUR SOURIRE ET RÊVER, Seuil, 2009 ; Points, “Le Goût des mots”, n° 5121, 2020.

LES DESSOUS DES MOTS D'AMOUR. 100 ÉNIGMES, ANAGRAMMES ET JEUX DE MOTS SURPRENANTS (avec F. Schmitter), Points-Seuil, 2010 et 2012.

ANAGRAMMES RENVERSANTES, OU LE SENS CACHÉ DU MONDE (avec É. Klein), Flammarion, 2011 ; éd. collector, 2013.

ANAGRAMMES À LA FOLIE (avec S. Tesson), Équateurs, 2013 ; Pocket n° 16044.

ANAGRAMMES POUR LIRE DANS LES PENSÉES (avec R. Enthoven), Actes Sud, 2016 ; Babel, 2020.

LE VIVARIUM DE PALINDROMES, Fayard, 2017.

ANAGRAMMES À QUATRE MAINS (avec K. Beffa), Actes Sud, 2018 (prix Pelleas-Radio classique 2019).

SOREL ÉROS. PALINDROME, (avec F. Schmitter), Rivages, 2020.

Illustration de couverture : © Stéphane Trapier

ISBN 978-2-330-14088-5

JACQUES PERRY-SALKOW
LAURENCE CASTELAIN

Anagrammes dans le boudoir

Illustrations de Stéphane Trapier

ACTES SUD

Éternité est l'anagramme d'**étreinte.**

HENRY DE MONTHERLANT

Certaines choses sont trop importantes pour être prises au sérieux.

OSCAR WILDE

Le nom "anagramme" vient du grec ancien *anagramma*, "renversement de lettres".

Les anagrammatistes changent l'ordre des lettres d'un ou de plusieurs mots pour en former de nouveaux. De cette pirouette jaillit alors un sens caché, pour le plus grand plaisir des pêcheurs de perles. Avoir le **feu sacré** pour l'anagramme, c'est la rendre **farceuse**, trouver **du cœur** dans la **douceur**, cueillir **les roses de la vie** sous des **averses de soleil** et voir par-delà **les nuages noirs** des **anges nus, le soir**.

Les anagrammes sont ici présentées en caractères gras.

PRÉLIMINAIRES

Un jour sans fin du printemps 2020. Le Louvre a ouvert la marche et fermé ses portes. **Mona Lisa** se voit cloîtrée à **la maison**. Assignation à résidence pour la planète entière. Le soleil passe son bras par la fenêtre, la liberté gazouille dans les rues désertes.

De ce temps date la tentation de sortir sans **attestation de déplacement**, d'aller respirer les fleurs nouvelles, de s'embrasser à bouche que veux-tu, de s'enlacer inlassablement. Viennent alors des **envies** de **Venise**, de **baignade** et de **badinage**, d'un ***te quiero*** infiniment **érotique**. Des envies de **confidences sur le traversin**, de **secrets dans un écrin frivole**.

LAURENCE CASTELAIN
LA NATURE, LA SCIENCE

JACQUES PERRY-SALKOW
YES, QUEL JACK SPARROW !

Faites l'amour, pas la guerre

L'orgasme apaisera le futur

L'homme idéal

Holà, dilemme !

"Je suis contre les femmes, tout contre."
(Sacha Guitry)

C'est charmant, ciselé, misogyne,
toujours très futé.

Le véritable gentleman

"Un gentleman, dit Audiard, c'est celui qui est capable de décrire Sophia Loren sans faire de geste."

Vin tellement agréable

Langue de Molière

Le génie de l'amour

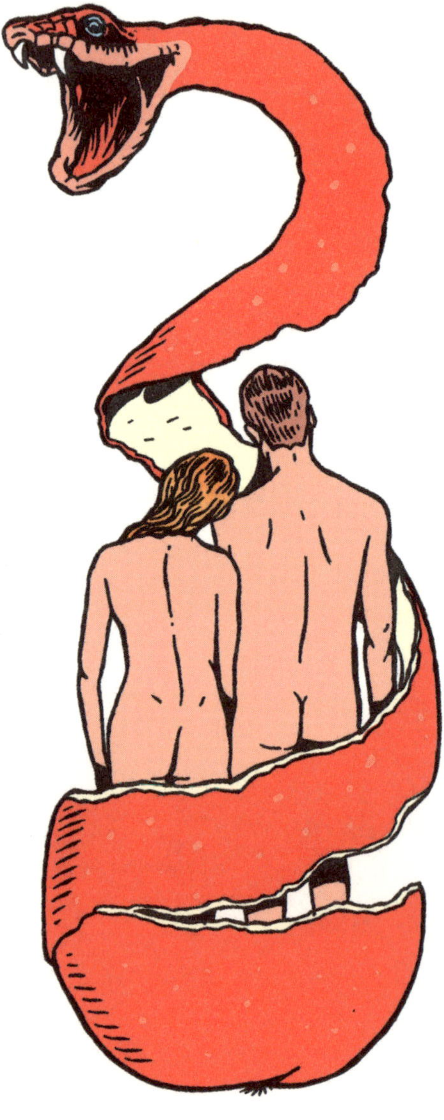

Le bonheur est dans le pré

Ou le serpent dans l'herbe

Une déclaration d'amour

Nocturne du roi à la dame

Le cantique du roi Salomon

“Ah ! Que tu es belle, mon amie !
Ah ! Que tu es belle !
Tes yeux sont des colombes
au travers de ton voile.

Ta chevelure : un troupeau de chèvres
qui dévalent du mont Galaad.
Tes dents : un troupeau de brebis tondues
qui remontent du bain ;
chacune a sa jumelle,
nulle n’en est privée.

Comme un ruban d’écarlate, tes lèvres ;
tes paroles : une harmonie.
Comme une moitié de grenade, ta joue,
au travers de ton voile.

Ton cou : la tour de David,
harmonieusement élevée ;
mille boucliers suspendus,
toutes les armes des braves.

Tes deux seins : deux faons,
jumeaux d’une gazelle ;
ils pâturent parmi les lis*.”

L’anatomique leçon du soir

* *La Bible. Traduction officielle liturgique*, Cantique des cantiques, Mame, 2018, p. 1178.

La Belle au bois dormant

Mouillant sa robe de bal

Contentes des *Mille et Une Nuits*

Le sultan Schahriar, trahi par sa femme, est persuadé de l'infidélité de toutes. Il jure d'en épouser une chaque soir et de la faire étrangler le lendemain. Trois années durant, la barbarie consume la ville. Pour en arrêter le cours, Shéhérazade s'offre en mariage, au grand dam de son père : "Ne t'expose pas ainsi au péril, jamais !" Mais la fille du vizir a plus d'un conte dans son sac et, nuit après nuit, maintient l'intérêt du roi des rois : "Les choses que je viens de vous dire sont, à la vérité, très singulières ; mais si je suis en vie demain, je vous en dirai d'autres qui sont encore plus dignes de votre attention*."

Des suites, continuellement

* *Les Mille et Une Nuits*, contes arabes, traduits par Antoine Galland (1704), Garnier et Frères, 1949.

La séduction

Clou de satin

*L'Origine du monde**

Religion du démon

Scandale majeur d'**une séduction** picturale en cadrage serré, ce nu sans apprêt jusqu'à la crudité choque aussi par l'emphase de son titre. Toute l'humanité sort de là, de ce sexe, de cette toison humide.

N'en déplaise aux culs-bénits, **Dieu est un con.**

* Huile sur toile de Gustave Courbet, 1866, musée d'Orsay, Paris.

Les Galettes de Pont-Aven

"Comme il est beau… On dirait un Courbet, dis donc. Quel génie il faut pour peindre ça ! Quand je pense que ce mec en a peint des milliers et qu'on l'a poursuivi pour obscénité alors qu'il a peint la plus belle chose au monde : un cul. Un cul de bonne femme ! Il est magnifique… Je vais le peindre en vert, en bleu, en rouge, en jaune. J'y passerai des jours, des nuits, des mois s'il le faut. Nom de Dieu de bordel de merde ! Tu me rends dingue ! Ton cul, ton cul, c'est mon génie*."

Le vent galant des poètes

* Jean-Pierre Marielle dans *Les Galettes de Pont-Aven*, film de Joël Séria, 1975.

La lingerie fine

Légère à l'infini

Éducation sexuelle

Ou étincelles à deux

“Il lui retira les bas et commença
à lui faire petit salé*.”

Il m’a sucé l’orteil, embrassée ici et là.
La nuit parfaite.

* Guillaume Apollinaire, *Les Onze Mille Verges ou les Amours d’un hospodar* (1907), J’ai lu 2020, p. 66.

Le sein d'Agnès Sorel

Le pan abaissé de la robe d'**Agnès Sorel** laisse voir un sein parfaitement rond et nacré qu'irise **le sang rose** de sa légendaire beauté. Dans cette *Vierge à l'Enfant entourée d'anges**, Jean Fouquet peint l'ambiguïté du feu sous la glace, de l'érotisme vertueux. Séraphins flamboyants et chérubins bleus se pressent derrière le trône. Et qui regarde la peau laiteuse de la Madone brûle d'un

désir sage, solennel.

* Huile sur bois de Jean Fouquet, vers 1452, musée royal des Beaux-Arts d'Anvers.

*L'Éternelle Idole**

Ou le sculpteur à genoux devant Camille Claudel…"Elle triomphe sans orgueil, placide, mais invincible souveraine, commente l'écrivain Paul Margueritte. Et lui, nu, agenouillé, humble, las, en détresse humaine, en ferveur passionnée, les mains derrière le dos pour bien montrer qu'il est l'esclave et non le maître, appuie sa tête au bas de la gorge, sur le flanc de la femme, qu'il baise en enfant adorant la madone, en dévot recevant l'hostie."

Elle… Elle et Rodin

* Bronze d'Auguste Rodin, 1891, musée Rodin, Paris.

“Oh ! aimer une femme ! être prêtre ! être haï ! L’aimer de toutes les fureurs de son âme, sentir qu’on donnerait pour le moindre de ses sourires son sang, ses entrailles, sa renommée, son salut, l’immortalité et l’éternité, cette vie et l’autre ; regretter de ne pas être roi, génie, empereur, archange, dieu, pour lui mettre un plus grand esclave sous les pieds ; l’étreindre nuit et jour de ses rêves et de ses pensées ; et la voir amoureuse d’une livrée de soldat ! et n’avoir à lui offrir qu’une sale soutane de prêtre dont elle aura peur et dégoût ! Être présent, avec sa jalousie et sa rage, tandis qu’elle prodigue à un misérable fanfaron imbécile des trésors d’amour et de beauté ! Voir ce corps dont la forme vous brûle, ce sein qui a tant de douceur, cette chair palpiter et rougir sous les baisers d’un autre ! Ô ciel ! aimer son pied, son bras, son épaule, songer à ses veines bleues, à sa peau brune, jusqu’à s’en tordre des nuits entières sur le pavé de sa cellule, et voir toutes les caresses qu’on a rêvées pour elle aboutir à la torture* !”

Passion dévorante

Et voie sans pardon

* Victor Hugo, *Notre-Dame de Paris* (1831), Le Livre de poche, 2019, p. 471-472.

Faut-il **sept chapelets spéciaux** pour absoudre **les sept péchés capitaux** ?

Les Liaisons dangereuses

Le vicomte de Valmont à la marquise de Merteuil

“J’aurai cette femme ; je l’enlèverai au mari qui la profane : j’oserai la ravir au Dieu même qu’elle adore. Quel délice d’être tour à tour l’objet et le vainqueur de ses remords ! Loin de moi l’idée de détruire les préjugés qui l’assiègent ! ils ajouteront à mon bonheur et à ma gloire. Qu’elle croie à la vertu, mais qu’elle me la sacrifie*.”

S’asseoir nue dans l’église

* Pierre Choderlos de Laclos, *Les Liaisons dangereuses* (1782), Lettre VI, Le Livre de poche, 2020, p. 60.

Le premier rendez-vous

Nez vermeil, se poudrer

Guerlain

La verte fraîcheur de la note de tête s'offre d'emblée. Vite elle s'esquive, un peu volage, très volatile. Elle suscite l'envie trop preste d'adopter le parfum. Patience… Voici **les notes de cœur**, les véritables séductrices. Elles palpitent quelques heures, fleuries, fruitées ou épicées, embaument les courants d'air, confèrent au parfum **son odeur céleste** et sa personnalité. Se révèle enfin et pour longtemps la note de fond, étrange et pénétrante, qui s'incruste sur la peau, les étoffes et même dans les souvenirs. Elle hante, comme la réminiscence boisée, suave, cuirée ou tabacée des amours parties en fumée.

Narguilé

Les Parisiennes

Durant trente ans, Kiraz dessine dans *Jours de France* ces demoiselles pimpantes, un brin délurées, qui lui rappellent son arrivée en France : "Et puis tout d'un coup, à Paris, je vois des… libellules !" Désinvoltes, libres, sensuelles, aux yeux immenses, et montées sur d'interminables jambes.

Sirènes alpines

Branlette espagnole

“Ou mammagymnophilie, ou mazophallation, ou encore cinépimastie”, souligne une lexicographe bruxelloise.

La patronne est belge !

Une érection

ne coûte rien

Décolleté plongeant

Le pot de colle gênant

Vertiges de l'amour

Vol de marguerites

Les bords de Loire

Un théâtre de verdure pour idylles et aventures galantes des artistes et des nobles de la Renaissance.

François Ier ne laisse pas sa part au chat, le "roi qui aimait les femmes" court abondamment le jupon entre Chambord et Chinon.

"Touchez là, ma commère, touchez là…" On chante encore au bord du fleuve les amours adultères de Charles IX et Marie Touchet.

Autant que les faveurs d'Henri II, Catherine de Médicis et Diane de Poitiers se disputent le château de Chenonceau. Quand la légitime reprend les murs, elle y donne de dispendieuses petites sauteries. Mignons travestis et dames de la cour à demi-nues s'encanaillent aux agapes puis valdinguent dans les bosquets.

Ah, le Jardin de la France !

Le bordel des rois

Versailles

Déjà bien vieux, Louis XV s'enamoure de la paire d'yeux bleus en amande de la pétillante comtesse Du Barry. Une humiliation cuisante pour les courtisanes quand cette sympathique cocotte à la crinière de lionne tombe comme un cheveu dans la soupe versaillaise, avec sa recette de potage au chou-fleur. Mademoiselle attise jalousies et aversions au point que même les filles du roi refusent de lui adresser la parole. Un ange passe…

Débarque alors Marie-Antoinette, qui, du haut de son rang et de ses quatorze ans, impose elle aussi sa terrible loi du silence. Na ! La politique de l'autruche se heurte à la diplomatie de l'Autriche. Ça suffit, ces enfantillages ! Sur l'injonction de sa mère, la future reine consent à gratifier la chouchoute de son laconique et dédaigneux : “Il y a bien du monde aujourd'hui à Versailles.”

En effet, on ne s'entend même plus cancaner ! Ça cause chiffon, de cette mode avant-garde de l'étoffe rayée, lancée par la coquette Du Barry !

Le chou, soit. Les rayures, c'en est trop ! À peine installée sur le trône, Marie-Antoinette chasse son ennemie jurée hors des murs du château. Exit l'influenceuse !

Ironie du sort, elles partageront la même fin tragique.

Les rivales

Des bruits de couloir

Les récits du boudoir

Le salon de Vénus

Le son d'une valse

Et l’emportait

la petite mort.

Le chevalier de Seingalt

Veille de la Toussaint 1756. La façade de la prison d'État n'est plus qu'un songe perdu dans le brouillard matinal. Dans la gondole qui l'emmène vers Mestre, **Casanova de Seingalt** revoit ce qu'il a enduré durant quatorze mois, sa cellule sous les toits du palais ducal, recouverts de plaques de plomb – glacière l'hiver, fournaise l'été. Personne ne s'était échappé de ce caveau infernal. Giacomo, lui, l'a fait. Un **cas d'évasion galante**. Aux brumes du souvenir succède alors le bruit des rames pourfendant l'eau du canal de la Giudecca. La journée s'annonce splendide. Les premiers rayons du soleil teintent d'or

l'éther glacial de Venise.

Le valet de cœur

École de la vertu

Le grand amour

Roman du large

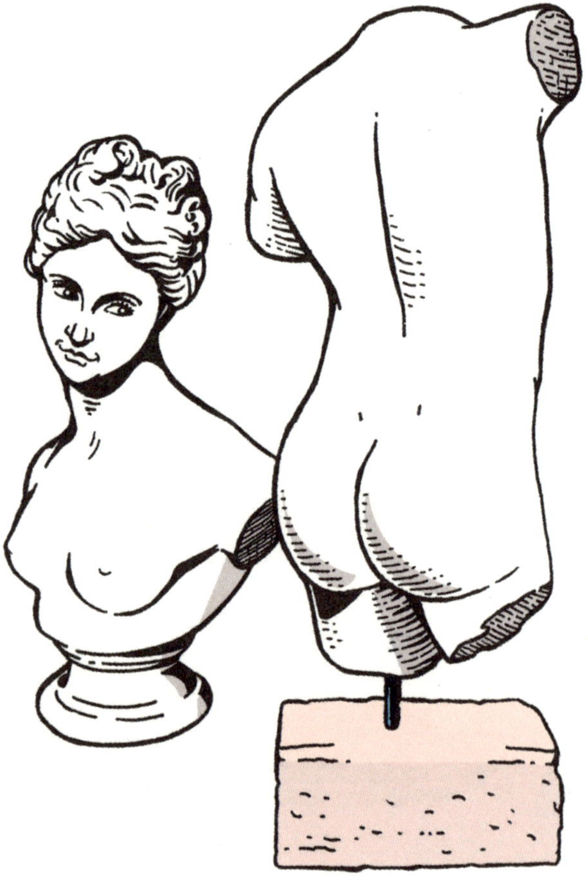

Roméo Montaigu, Juliette Capulet

— J'aime trop ta gueule.
— Et moi ton cul.

Le romantisme

Le romantisme avait la liquidité des tempêtes et des passions. Il affluait comme un fleuve hostile vers la mer déchaînée, s'épanchait sur sa solitude et pleurait ses illusions perdues. Il sanglotait sur le mal de son siècle.

Mais le temps l'a frelaté, et il coule aujourd'hui sur les joues des cœurs d'artichaut de supermarchés.

Larmoiements

"Avec certains êtres, très rares, il faudrait ne pas parler. Il faudrait tout de suite être dans les bras, caresser le visage, les paupières, les joues, les lèvres, les effleurer d'un doigt, lentement d'abord, puis dans un baiser, passionnément. S'embrasser. S'étreindre. Les mots sont inutiles. Les mots viendraient plus tard confirmer ce que les corps ont su dès les premiers instants*."

— D'où la nécessité de baiser dès le premier soir. On grimpe d'abord, on parle après.

— C'est possible, sans parler ? J'ai l'air d'un con avec mes conversations au coin du feu.

— Les meufs érudites, tu les prends sans flatterie, sans finasser.

— Bien, l'artiste ! Tu es tellement viril ! Et la tendresse ?

— Plus tard. Tu les rassures par des vers tristes. Enfin, gentiment.

— Les amours terrestres, quel désert !

* Laurence Tardieu, *Un temps fou*, Stock, 2009, p. 60.

*Dom Juan ou le Festin de pierre**

Jeune Roméo radin, fils de pute

* Comédie de Molière, 1682.

Mante religieuse

Scène de crime passionnel au jardin : le **cannibalisme sexuel**. Envahie d'une irrépressible fringale, la femelle vampe son petit homme vert. Au lit ! À table ! Ces messieurs perdent d'abord la tête, le meilleur morceau, ou le moins utile ; légèrement diminués, les **beaux mâles inclinés** continuent d'usiner.

Literie mangeuse

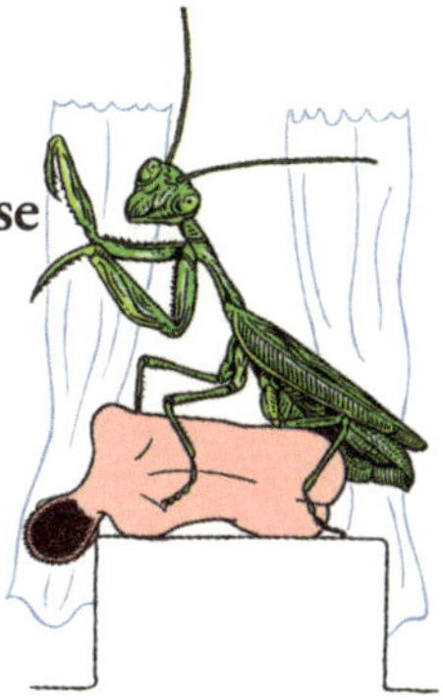

“L’amour est la poésie des sens”,

lyrise Balzac dans la *Physiologie du mariage*. Mais ses muses parfois font place à ses démons : “La femme est une propriété que l’on acquiert par contrat, elle est mobilière, car la possession vaut titre ; enfin, la femme n’est, à proprement parler, qu’une annexe de l’homme ; or, tranchez, coupez, rognez, elle vous appartient à tous les titres.”

La démesure et la possession

Devoir conjugal

Ce jargon du viol

Nuit de noces

C'était le temps des chemises conjugales. Les religieuses les taillaient dans une toile bien rêche. Elles avaient une fente sur le devant – les chemises, pas les nonnes. Une voie pénétrable par laquelle les pauvres époux croissaient et multipliaient, un pertuis brodé dessus dessous d'un encourageant

"Dieu consent".

Ils n'ont pas caressé les éléphants joueurs de Chiang Mai, ni vu, à Chiang Rai, le Temple Blanc incrusté de morceaux de miroir. À Bangkok, ils sont passés devant Siam Square sans voir cette femme qui libérait des oiseaux pour s'assurer une belle et longue vie. La convivialité, l'hospitalité, la générosité, ils s'en moquent comme de leur conscience restée là-bas, dans leur patrie.

Le tourisme sexuel,

leur seul exotisme

L'amour dure trois ans,

C'est chimique, c'est fantastique ! C'est phénoménal, c'est phéromonal ! L'exaltation des débuts, les odeurs, les flots d'hormones, la séduction, les caresses, le plaisir baignent littéralement le cerveau dans un océan d'ocytocine. $C_{43}H_{66}N_{12}O_{12}S_2$, une combinaison d'atomes crochus qui attire et aveugle les amoureux transis puis, venant à manquer, rend la vue à ces pauvres fous.

Coupez les vannes de l'ocytocine à l'amour,

il mourra sans détour.

Libération sexuelle

Résille ou bien latex ?

Lady Gaga

"No matter gay, straight or bi
Lesbian, transgendered life
I'm on the right track, baby
I was born to survive "*

A glad gay

* "Qu'importe si je suis / Gay, hétéro ou bi, lesbienne, ou trans / C'est ça ma chance / C'était ça ma vie" Lady Gaga, *Born This Way*, 2011.

Mariage pour tous

Ou s'aimer par goût

Chapeau melon et bottes de cuir

Battues de police outre-Manche

Le sadomasochisme

L’Hadès comme oasis

Qui dresse la dame ?

Le marquis de Sade

Prospérités du vice

"Puis, s'approchant elle-même et m'examinant de tous côtés, attendu que Flavie montrait mon devant et Volmar mon derrière :

— Il est certain, poursuivit Sainte-Elme, que la petite coquine est bien faite, et je jure qu'avant la fin du jour je saurai le goût de son foutre*."

Perspective du soir

* Sade, *Histoire de Juliette ou Les Prospérités du vice* (1797), t. 1, La Musardine, 2020, p. 26.

L'Immaculée Conception

On cite un mâle complice

Irène Adler

Brillante et intrigante, dominatrice, elle est la seule à se jouer de l'esprit de déduction du grand Sherlock Holmes et à le posséder dans les deux sens du terme ! L'homme à la casquette ne l'appelle jamais par son nom tant il la trouve supérieure. Elle est "la femme". La seule, la première et

la dernière.

*Les Trois Grâces** de Paul Rubens

Bourrelets gras de culs païens

Les diktats modernes de la minceur sont mis à mal dans ce jardin des délices où s'ébaudissent les formes généreuses du plaisir, de l'abondance et de la beauté. Dans une ronde joyeuse, les trois filles de Jupiter offrent aux dieux et aux hommes leurs "oreillers de chair fraîche".

* Huile sur toile, 1639, musée du Prado, Madrid.

Des poignées d'amour

Petites anses charnues qui poussent sur mes hanches, pour qu'elle y accroche son cœur à pleines mains. Je fonds comme sorbet au soleil à **la vue de ses reins.** Ses **salières de Vénus**, fossettes rieuses, me creusent l'appétit.

Poésie de gourmands

La Belle Cordière

Ainsi était surnommée, en raison du métier de son père et de son mari, **Louise Labé**, femme de lettres de la Renaissance. Ses sonnets traitent, les uns de l'échec de la passion, les autres des feux de l'amour charnel. Un esprit de lumière. Un vent d'audace féminine qui souffle sur la poésie du XVIe siècle, alors l'apanage des ténors de la Pléiade. Sa vie mal connue laisse libre cours aux fantasmes : certains font de ce **beau soleil** une imposture littéraire ; d'autres, une courtisane de bas étage ou encore une prostituée lyonnaise.

Le bordel éclairé

Fille des rues

Fleur des îles

Rue d'Aerschot

Bruxelles. Gare du Nord. Le train de 17 h 06 vomit son flot de navetteurs pressés de gagner la sortie. À l'air libre, les néons roses et bleus éclairent un festival de chairs pulpeuses, bouches en cœur, cuissardes plastifiées et strings fluo. Les dames s'exhibent et ondulent sans conviction devant des passants indécis qui font du lèche-vitrine. Certains réajustent leur pantalon, d'autres échangent de petits paquets, des billets, une tape dans la main, des gamins se faufilent en riant, une altercation, des cris, un concert de klaxons, la file interminable de voitures avance au pas d'homme entre les trottoirs dénivelés…

Terre du chaos

“Mes petites amoureuses*”

À mes prostituées émues
Et somptueuses mariées
Ou même strip-teaseuses
Toutes présumées amies

* Arthur Rimbaud, *Œuvres complètes*, Le Livre de poche, 2020, p. 244-246.

Verlaine et Rimbaud

Ils vivaient des amours de tigres, fuguant, gais et vagabonds, vers la Belgique ou l'Angleterre. Verlaine l'orfèvre et Rimbaud l'oracle. Ils s'engueulaient comme des chiffonniers, buvaient l'**absinthe** comme on boirait de l'eau, l'un **en habits** de notable, l'autre avec la cravate de travers et l'œil clair des petits génies férus de Virgile.

Latin du verbe "aimer"

George Sand et Alfred de Musset

Hiver 1833. Les amants terribles voyagent en Italie. Musset écume cabarets et lupanars. Sand le trompe avec leur médecin vénitien. La tempête éclate ; Musset rentre seul à Paris. Là, envahi d'un sentiment mêlé d'amour et de haine, il achève *On ne badine pas avec l'amour*. Il y reprend plusieurs échanges de leur correspondance éperdue. C'est avec les mots de George Sand qu'il clôture la scène 5 de l'acte II : "J'ai souffert souvent, je me suis trompé quelquefois, mais j'ai aimé."

Le fumet des grands orages d'été

“Tout amour pense à l’instant et à l’éternité – mais jamais à la durée*.”

Maintenant à l’être, demain au passé,
toujours il a l’âme attristée.

* Friedrich Nietzsche, *La Volonté de puissance*, II, Gallimard, p. 240, n° 56.

Cœur brisé

Sur ce, boire !

*L'amour c'est comme une cigarette**

Accoutumance, sommeil et regret

* Chanson interprétée par Sylvie Vartan, 1981.

Le dieu Bacchus

Aux derniers beaux jours d'automne, la bonde sautait de la cuve. Le jus coulait, clair puis épais. La lie et le vin mélangés.

— Ariane, ma grosse garce, couche-toi à la renverse pour mettre ton petit con à la hauteur des circonstances, que je t'emplisse comme une outre, entonnait le dieu de **la vigne**.

Et les satyres, ses cousins, et les nymphes, ses nourrices, lançaient des évoés. **Le vagin** est une futaille ! Par le doux chant des orgies, par l'éclat des trognes rougies, buvons, buvons à la fontaine d'Ariane !

Cul si débauché

Femme ethnologue, libertine, très catin

cherche désespérément

homme sincère, beau, fort et intelligent.

— Tu me rends folle…

Le mufle s'endort.

Un vibromasseur

Rambo sur une vis

Oh c'est bon… encore…

Sobre et cochonne

Le soixante-neuf

Ou enfin l'extase

Les Feux de l'amour

Drame sexuel flou

Le cœur et la raison

Et le sourire à la con

Galanterie masculine

Et manigance ailleurs

La demande en mariage

La rengaine de madame

*Elle voit des nains partout !**

De l'ovulation persistante

* Film de Jean-Claude Sussfeld, 1982.

Rendez-vous galant

À Poil dans la Nièvre, à Sainte-Verge ou à La Trique dans les Deux-Sèvres, Bezons dans le Val d'Oise, Bourg-la-Reine dans les Hauts-de-Seine, Montcuq dans le Lot, au Fion en Haute-Savoie, ou dans la Vallée d'Auge, Mézidon ta

vertu dans le gazon !

MARI + FEMME = MAMMIFÈRE

Les amoureux de Peynet

Deux “p’tites gueules bien sympathiques” qui s’disent des “je t’aime pathétiques”. C’est sur un banc public, dans un parc de Valence, en cavale, échappé en pleine guerre, que Raymond Peynet croque pour la première fois l’amoureux, violoniste romantique, et sa muse sans doute inspirée de la dulcinée du dessinateur, Mlle Damour – ça ne s’invente pas. Le couple crayonné, d’une pudeur coquine, devient iconique, entouré d’angelots, de cœurs un peu naïfs : elle en robe à balconnets pigeonnants, lui en costume, chapeau enfoncé sur ses longs cheveux raides, l’air un peu égaré.

Amples yeux en déroute

Dulcinée

"Don Quichotte ne dormit pas de toute la nuit, pensant à sa dame Dulcinée, pour se conformer à ce qu'il avait lu dans ses livres, que les chevaliers errants passaient bien des nuits sans dormir au milieu des forêts et des déserts, s'entretenant du souvenir de leurs dames*."

Un délice

* Cervantès, *Don Quichotte* (1605), t. 1, traduit par Louis Viardot, GF Flammarion, 2016, p. 89.

“Les histoires d’amour finissent mal en général*”

— Féministe !
— Mollasson intersidéral !
— Hargneuse !

* Les Rita Mitsouko, *Les Histoires d’A.*, 1987.

Le couple parfait

La force et l'appui

La maîtresse et son esclave

Monsieur “s’agenouilla, baisa mes bottines, les pétrit de ses doigts fébriles et caresseurs, les délaça… Et, en les baisant, les pétrissant, les caressant, il disait d’une voix suppliante, d’une voix d’enfant qui pleure :

— Oh ! Marie… Marie… tes petites bottines… donne-les-moi tout de suite… tout de suite… tout de suite… Je les veux tout de suite… donne-les-moi*…”

Le comte, la servante assise

* **Ce vrai beau mot** est d’**Octave Mirbeau**, *Le Journal d’une femme de chambre* (1900), Le Livre de poche, 2012, p. 73.

Estampes libertines

"Vous est-il arrivé, comme à moi, de tomber dans de grandes mélancolies, après avoir passé de longues heures à feuilleter des estampes libertines ? Vous êtes-vous demandé la raison du charme qu'on trouve parfois à fouiller ces annales de la luxure, enfouies dans les bibliothèques ou perdues dans les cartons des marchands ? Plaisir et douleur mêlés, amertume dont la lèvre a toujours soif* !"

Pertes inestimables

* Charles Baudelaire, "Des sujets amoureux et de M. Tassaert", 1846, publié dans *Curiosités esthétiques*, 1868.

Félicien Rops

Une femme aux yeux bandés s'avance au-dessus d'une frise de marbre, un cochon en laisse. C'est ***Pornocratès***, un nu allégorique de 1878. Le peintre belge l'a fait en quatre jours, dans un salon de satin bleu, plein d'odeurs. **Rops raconte** : “L'opopanax et le cyclamen me donnaient une petite fièvre salutaire à la production et même à la reproduction*.”

Siècle fripon

* Lettre de Félicien Rops à Henri Liesse, 1879.

Les maisons closes

Toulouse-Lautrec en ouvre largement les portes à travers ses toiles. Et pour cause, le peintre fréquente abondamment les bordels, aussi pour y trouver un peu d'affection auprès de femmes "enfin à sa taille". Les prostituées adorent ce tout petit bonhomme éduqué et sympathique. Elles font de lui leur mascotte et le surnomment "la cafetière", moquant gentiment cette protubérance persistante due à son priapisme. L'artiste vit presque à demeure à La Fleur Blanche, luxueux établissement parisien. Il immortalise ce *Salon de la rue des Moulins** où, sur le moelleux des divans en peluche rouge, quatre créatures en déshabillé se vautrent sous l'œil souverain de Madame. À droite, une autre fille debout soulève sa chemise pour dévoiler ce qu'elle a à vendre, à hauteur du regard des messieurs en chapeau qui patientent un peu plus loin.

Les monocles assis

* Fusain et huile sur toile de Henri de Toulouse-Lautrec, 1894, musée Toulouse-Lautrec, Albi.

Les feux du désir

Fleurs des dieux

Bois de Boulogne

Église du bonobo

La nuit des étoiles filantes

Lointains satellites de feu

Le gisant de la tombe de Victor Noir

Victor Noir n'est pas mort, il bande encore. Demandez donc un peu aux succubes du Père-Lachaise si je débloque ! Division 92 du cimetière. Jouez un peu des coudes et approchez-vous. Un bronze funéraire de 1891 représente le jeune journaliste tel qu'il aurait été retrouvé après avoir été tué d'un coup de pistolet*. Le sculpteur a pris soin de reproduire une généreuse proéminence à l'endroit de la braguette, virilité post-mortem lustrée depuis par mille intimités de passage. Quel succès du mourant d'un homme ! Et quelle épitaphe on graverait là !

Mort en bas âge, dit l'ode, il *vit* encor.

* Le 10 janvier 1870, le journaliste Paschal Grousset, s'estimant diffamé dans un article signé par le prince Bonaparte, lui envoie ses collaborateurs Victor Noir et Ulric de Fonvielle pour convenir d'une réparation par les armes. La rencontre tourne mal. Noir est abattu.

Les Reines du shopping

Cristina Cordula, coupe stricte, **costard clair uni**, mène la danse. Les “chéries” devront secouer le coco ! Ouh là là là ! Elles peuvent bien se prendre les pieds dans le tapis en défilant sur des talons de douze centimètres mais pas question d’être “à côté de la pompe” ! Aucun “fashion faux-pas” ne sera toléré !

Girls en shoes de pin-up

— Et dis-moi qui est la plus belle d'entre toutes ?

Et le miroir répondit :

— La p'tite obsédée qui méduse trolls et lutins.

Narcisse

"J'ai compris ! Tu es moi ! Mon reflet me détrompe !
Brûlant pour moi, j'embrase et je subis la flamme !
Que faire ? Être imploré ? Implorer ? Mais de quoi ?
Portant l'aimé en moi, ma richesse est ma ruine !
Oh ! Pouvoir séparer mon être de mon corps !
Étrange vœu d'amant, je veux quitter qui j'aime !
Le mal ronge ma force, un bref instant de vie
Me reste, et je mourrai dans la fleur de mon âge*."

Arsenics

* Ovide, *Les Métamorphoses*, traduit par Olivier Sers, Les Belles Lettres, 2019, p. 106.

Mon profil

Mes amis, mes amours, mes emmerdes. Mark Zuckerberg Productions.

Film porno

Le péché originel

Giclée orpheline

*Je t'aime… moi non plus**

On a simplement joui

* Serge Gainsbourg et Jane Birkin, 1969.

Post coitum animal triste

Ac post mortem inutilitas*

* “Après l’amour, l’animal est triste.
Et après la mort vient l’inutile.”

“De battre mon cœur s’est arrêté*”

Ce terrestre et obsédant amour

* Extrait de la chanson *La Fille du père Noël*, Jacques Lanzmann et Jacques Dutronc, 1966.

Éros ou Cupidon

Poison du cœur

Si le cœur vous en dit,

vous lui dites encore.

TABLE

OUVRAGE RÉALISÉ
PAR L'ATELIER GRAPHIQUE ACTES SUD
REPRODUIT ET ACHEVÉ D'IMPRIMER
EN OCTOBRE 2020
PAR L'IMPRIMERIE SEPEC
À PÉRONNAS
POUR LE COMPTE DES ÉDITIONS
ACTES SUD
LE MÉJAN
PLACE NINA-BERBEROVA
13200 ARLES

DÉPÔT LÉGAL
1re ÉDITION : NOVEMBRE 2020

N° impr. : 08374200687